쾌걸 조로리의 특별 부록 ②
정리 봉투

책에서 오려 낸 부록들을 잃어 버리지 않도록
여기에 넣어 보관해 주세요.

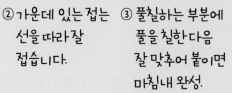

① 접는 선이 있는 데까지
　오리는 선을 따라
　자릅니다.

② 가운데 있는 접는
　선을 따라 잘
　접습니다.

③ 풀칠하는 부분에
　풀을 칠한 다음
　잘 맞추어 붙이면
　마침내 완성.

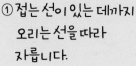

------- 접는 선 -------

풀칠하는 부분

❉ 책갈피나 부록들이
　없어지지 않도록
　이렇게 넣어 둡시다.

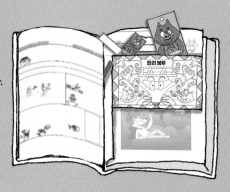

풀칠하는 부분　　풀칠하는 부분

하라 유타카는
이 책을 다 쓰고
피곤해서 그대로 뻗어
버렸습니다. 그냥 푹
자게 두세요.

좋아하는 색을 칠해
정리 봉투를 만들어 보세요.

장난천재 쾌걸 조로리

28 공포의 카니발

하라 유타카 글·그림

다음 날
일어나 보니
조로리 일행이
잔 곳은
쓰레기 더미
위였습니다.

이게 어찌 된 일이지?
여기는 쓰레기장이잖아.
잠깐! 이건
'불법 투기'인데.

알아 둡시다!

'불법 투기'란?
정해진 쓰레기장이 아닌
산이나 공터에 쓰레기를 몰래
버리고 가는 행동을 말한다.

불법 투기가 그런 뜻이구나. 이 책은 공부도 된다니 께유.

정말 나쁜 짓이구먼!

그런데 보니까 아직 쓸 만한 것들이 많았습니다. 조로리 일행은 신이 나서 얼굴을 맞대고 의견을 나누더니……

그 물건들을
사용해서
쓰레기 더미
옆 공터에
제법 괜찮은
집을 지었습니다.

이야, 이런 게 보통 집의
거실 같은 느낌이겠지? 엄마하고
살던 때가 그립구나.
야, 이시시! 배고프다.
이 몸이 아까 고쳐 준
전자레인지로 먹을 것 좀
만들어 봐!

이시시는 주변에 있던 풀을 뜯어
전자레인지에 넣었습니다.
노시시는 자전거 페달을 열심히 밟아
전자레인지를 돌릴 전기를
만들어 냈습니다.

"어디 한번 먹어 볼까?"

전자레인지에서 꺼낸 풀을 입에 넣자마자

셋은 동시에 외쳤습니다.

"꾸엑, 너무 쓰잖아!"

"퉤퉤, 맛없어!"

조로리 일행은 먹은 풀을 곧바로 뱉어 냈습니다.

"하아, 뭔가 맛있는 거 없을까?"

조로리가 비참하다는 듯

한숨을 내쉬었을 때였습니다.

"이거라도 드시겠어요?"

조로리 눈앞에 삼각 김밥

열 개가 나타났습니다.

조로리가 고개를 들어 보니

아홉 명의 소녀들이 서 있었습니다.

"우리는 송아지 아홉 자매랍니다.

일명 '나인카우스'예요."

"고맙다. 이 몸은 여기저기 떠도는 여행자,

조로리라고 해.

이쪽은 같이 다니는 이시시와 노시시야."

조로리 일행은 대충 인사를 마치고는

삼각 김밥을 전자레인지에 넣고 데웠습니다.

따뜻해진 삼각 김밥은 둘이 먹다가 하나가 죽어도

모를 만큼 맛있었습니다.

조로리 일행은 눈 깜짝할 사이에

삼각 김밥을 몽땅 먹어치웠습니다.

"끄윽, 정말 감격스러운 맛이다.

이렇게 맛있는 삼각 김밥은 처음이야.

이건 정말 최고의 맛이다."

"우리는 우유로 지은 삼각 김밥을

만들어 팔고 있어요."

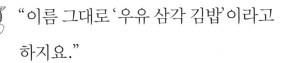
"이름 그대로 '우유 삼각 김밥'이라고

하지요."

"오늘부터 온 동네가 카니발 준비를

해서 한동안은 장사를 못 하겠지만요."

"그래서 어제 팔다 남은

삼각 김밥을……."

10

"버려야 하나 고민하던 참이었어요."

 "이렇게 맛있게 먹어 주시니 정말 기뻐요."

 "아, 우리 지금 이러고 있을 때가
아닌 것 같은데!"

 "맞아, 빨리 가서 카니발 때 쓸 수레
만드는 걸 도와주러 가야 해."

 "그럼 조로리 씨. 다음에 봬요."
나인카우스는 빠른 걸음으로
자리를 떠났습니다.
그러자……

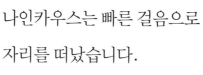

"어이, 그 카니발은 언제 하는 거야?"

조로리 일행이 나인카우스를 따라가며 물었습니다.

"10일이에요. 일요일이죠.

그때까지 이곳에 계시면 보러 오세요."

나인카우스는 조로리 일행을 카니발이

열리는 광장까지 안내해 주었습니다.

이곳에서 옆 마을과
우리 마을의 수레 중
어떤 수레가 더 멋진지
경쟁을 해요. 수레는
광장을 한 바퀴 돌고,
저 은행 앞에서 쇼를 해요.

오오,
그렇다
이거지!

조로리는
갑자기
은행 앞으로
뛰어갔습니다.

13

"이 은행 앞에서 한다 이거지?

흐음, 쇼를 하는 동안은 다들 정신없겠는데!"

조로리가 은행 벽을 문지르며 말했습니다.

"아무래도 그렇죠. 두 마을이 함께 여는

축제니까요. 전국에서 수레를 보러

사람들이 많이 몰려 오지요."

"특히 옆 마을 수레는 해마다

돈을 많이 들여서

정말 근사하게 만든답니다."

"그 말은 너희 마을 수레가

별 볼일 없다는 뜻인가?"

"그게…… 저희도 물론 애는 쓰고 있지만

다들 하나마나 질 거라고만 해요."

나인카우스는 고개를 떨구며

모두 슬픈 표정을 지었습니다.

"싸워 보지도
않고 질 거라는
생각부터 하다니,
대체 무슨 말이냐?"
조로리가 흥분해서
물었습니다.

우리
마을은
9년 동안
한 번도
이기지를
못했어요.

옆 마을은
이길
때마다
전국
뉴스에
나와요.

그걸 본
대기업
에서는
광고에
이용
하려고

옆 마을에
큰돈을
후원하고
있어요.

조로리 일행이 나인카우스를 따라

도착한 곳은 체육관이었습니다.

다들 그곳에 모여 커다란

소 모양의 수레를 만들고 있었습니다.

"우아, 잘 만들었는데!

종이로 만드는 수레라니 믿을 수 없을 정도야."

조로리가 툭툭 쳐 보며 감탄하던 그때……

"야, 넌 뭐야?
이곳과 관계없는
녀석은 당장 나가!"
머리가 노란 참새가 날아와
말했습니다.

"참식 군, 무례하게 굴지 말아요.
이분들은 여행 중에 우리의 카니발을
구경하고 가실 손님들이라고요."
나인카우스 중 한 명이 나서서
참식이라는 이름의 참새를 꾸짖자
"이게 다 질 게 뻔한 대회를 앞두고
불안해서 그러는 겁니다.
부디 너그러이 이해해 주세요."

염소 이장이 나서서 대신 사과를 했습니다.

"하지만 우리 마을의 나인카우스가

저 수레 위에서 손을 흔든다면

조금 더 돋보이지 않을까 싶어서요.

살짝 기대하고 있답니다."

이장은 말을 마치고 밝게 웃었습니다.

"과연 그걸로 이길 수 있을까?

신나는 음악과 화려한 춤 없이는

카니발은 절대로 흥이 나지 않는다고요!"

또다시 참식이가 끼어들었습니다.

"참식 군이 바로 이번 카니발의 음악 프로듀서를

맡았습니다. 그러다 보니

여러 가지로 걱정이 많은 모양이네요."

이장의 말에 참식이가 나섰습니다.

"아니 지금 걱정 안 하게 생겼어요?

이걸 좀 보고 말씀하세요."

참식이가 조로리 일행에게 보여 준 것은
멜로디언, 리코더, 캐스터네츠,
트라이앵글 같은 악기였습니다.
"이따위 악기로 어떻게 신나는
음악을 만들라는 겁니까? 상대편은
오케스트라까지 갖추고 있다고요!"
그제야 잠자코 생각에 잠겨 있던
조로리가 입을 열었습니다.

"나한테 좋은 생각이 있다.

이 몸이 연출을 하면 이길 수도 있어."

"흥, 어디서 굴러온 녀석인지는 모르겠지만

헛소리하지 마! 옆 마을 수레를 보면

그런 잘난 척은 더 이상 못 할걸?"

참식이는 계속 심통을 부렸습니다.

"정말? 그렇게 대단하단 말이야?

좋았어. 그 수레 한번 보고 와야겠군.

야, 이시시, 노시시 같이 가 보자."

칫,
저 녀석
정말 맘에
안 드네.

옆 마을 지도를 챙겨 들고 나서는
조로리 일행의 뒤에서
참식이가 외쳤습니다.
"어이, 스파이란 오해를 받으면 안 되니까
눈에 띄지 않게 조심해서 보고 와!"

"조로리 사부님,

또 도와주려고 하는 거예유?"

옆 마을로 가는 도중에 이시시가

투덜거렸습니다.

"맞아유. 이제 슬슬 사부님이 진정한

장난천재라는 사실을 보여 주지 않으면,

팬들이 한 명도 안 남을 거구먼유."

노시시도 걱정스럽다는 듯이 말했습니다.

그러자 조로리가 대꾸했습니다.

"야, 이 멍청이들아!

이 몸이 아무 생각 없이

도와주겠다고 했을 것 같냐?

너희, 카니발이 열린다는 아까 그 광장을

잘 떠올려 보란 말이다!"

조로리는
이시시,
노시시가 잘
알아들을 수
있도록
설명을 해
주었습니다.

① 카니발에서
수레 쇼가
시작되고

② 관객들이
온통 수레만
쳐다보고
있을 때

와,
멋지다!

③ 모두가 위쪽만 보고 있는
틈을 타, 수레 아래쪽
은행벽에 구멍을 뚫은
다음, 몰래 들어가
돈다발을 훔친다.

④ 완전히 수레에
정신이 팔려
아무것도 모르는
관객들.

⑤ 카니발이 끝날
무렵 우리는 이미
마을에서 멀리
벗어나 있다.

은행 건물

은
행

"이 계획을 성공시키려면
수레에서 다들 눈을 떼지 못하도록
진짜 멋지게 만들어야 한단 소리다.
이제 알아듣겠지?"
조로리의 이야기에 이시시와 노시시는
그제야 마음을 놓았습니다.
"아, 그렇구먼유. 역시 조로리 사부님은
천재라니께유!"

존경해유!

29

셋은 수레를
만들고 있는
옆 마을에
도착했습니다.
으슥한 곳에
숨어 훔쳐 보니

사장님께서
후원해 주신 덕분에
이렇게 훌륭한
수레를 만들 수
있었습니다요.

우아,
멋지구먼.
슈퍼 로봇
이라고
부르는 편이
좋겠는디.

저 거북이
아저씨가
이 마을의
이장인 거
같구먼.

비비적 비비적

굽신 굽신

얼굴 부분에 대형 스크린을 붙여 보면 어떻겠나.

헛!

맞습니다. 바로

과자 회사인 부르르 제과의

부르르 사장이었습니다.

옆에는 사원인 코부르도 있었습니다.

조로리는 지금껏 부르르 제과의 과자를 샀다가

온갖 어려움을 겪어 왔지요.

"쳇, 저 녀석이 상대 팀의 후원자였단 말이지?

그렇다면 더더욱 질 수 없다."

조로리의 의지는 활활 불타올랐습니다.

☆ 부르르 사장에 대해 좀 더 알고 싶은
   어린이는 장난천재 쾌걸 조로리 시리즈의
   《초콜릿성》, 《미니카경주》,
   《스키 점프점프》 편을 읽어 보세요!

화려하고 멋있고 근사하게
광고를 해야 한다, 알겠나?
카하하하하하!

"하, 하지만 규모가 달라유.

이 승부는 포기하는 게 좋을 것 같은디유."

기가 죽은 노시시가 한마디 하자

조로리가 눈을 반짝였습니다.

"흥, 돈을 많이 들여도 소용이 없다는 걸

부르르에게 알려 주고 싶단 말이다."

조로리 일행이 체육관에 돌아오자

참식이가 달려와 말했습니다.

"어때? 어마어마하지?

이제 알았으면 어서 포기하라고!"

그러나 조로리는 걱정 없다는 듯 말했습니다.

"규모의 차이는 인정하겠다.

하지만 나한테 좋은 생각이 있어.

어때? 이 몸한테 한번 맡겨 보겠어?"

조로리의 제안에 마을 주민들은

모두 불안한 표정을 지었습니다.

"좋았어! 그렇다면 이 몸이 만든

수레를 보고 나서 결정해도 상관없다."

조로리는 이시시와 노시시를 데리고

체육관을 나왔습니다.

조로리 일행은 '불법 투기'의 현장인
쓰레기 동산으로 돌아와 전기 제품과
가구 등을 고르기 시작했습니다.
"이런 잡동사니도 이 몸에겐
훌륭한 재료가 되지. 좋은 아이디어로
깜짝 놀랄 만한 수레를 만드는 거다.
그리고 은행을 멋지게 털고 말겠어!"

조로리의 말에 이시시와 노시시도

왠지 설렜습니다.

"그렇게 되면 우리는 엄청난 부자가 되겠네유."

"맞아유. 멋진 조로리 성을 세울 수 있게

돈다발을 잔뜩 훔쳐야겠어유!"

조로리 일행은
신이 나서
수레를
만들었습니다.

잡동사니들은
순식간에 모양이
바뀌었습니다.
하지만 그 누구도
보러 오지
않았습니다.

쿵 쿵
쾅 쾅

나흘째 저녁,
조로리는
나인카우스에게
몇 가지 장치를
보여 주기로
했습니다.

누가
이 상자에
좀 들어가
주면
좋겠는데.

이건
오늘 저녁
식사예요.

제가
들어
갈게요.

다만 마음씨 고운
나인카우스만이
조로리 일행에게
날마다 세 끼
식사를 챙겨다
주었습니다.

나인카우스 중 한 명이
조로리가 만든 상자에
들어갔습니다. 그때
이시시가 자전거 페달을
밟았습니다.
그러자……

소녀가

천천히 돌면서,

위로 올라오지 뭐예요?

소녀를 태운 꽃봉오리는

위로 올라와 멈춰 서더니

그대로

빙글빙글

돌았습니다.

빙글   빙글

헥헥

어머,

신기 해라!

주변에 설치된 꽃잎도 활짝 피어났습니다

이런 등장은 어때?

나인카우스가 기뻐하는 모습을 보고 이번에는 노시시가 자전거 페달을 밟았습니다.

저거 세탁기네.

천천히 돌리는 거구나.

저 꽃잎은 선풍기 날개 아니니?

헉헉

그러자 위에서
흰색의
무엇인가가
팔랑팔랑
떨어졌습니다.
나인카우스는
좋아서
난리가
났습니다.

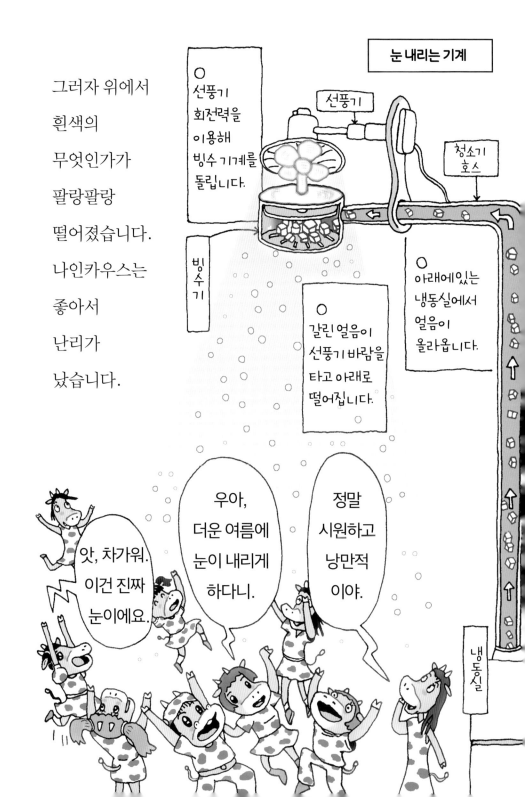

눈 내리는 기계

○
선풍기
회전력을
이용해
빙수 기계를
돌립니다.

선풍기

청소기
호스

빙수기

○
갈린얼음이
선풍기바람을
타고 아래로
떨어집니다.

○
아래에있는
냉동실에서
얼음이
올라옵니다.

앗, 차가워.
이건 진짜
눈이에요.

우아,
더운 여름에
눈이 내리게
하다니.

정말
시원하고
낭만적
이야.

냉동실

| | |

"아직 기뻐하기는 일러.

너희가 돋보일 수 있도록 진짜 더

멋진 수레를 만들어서 보여 줄게."

조로리의 말에 나인카우스가

신나서 대답했습니다.

"멋져요, 멋져, 정말 멋져요!"

"마을 주민들에게도 알려 주고 올게요."

"틀림없이 다들 놀랄 거예요."

나인카우스는 엄청난 속도로

마을로 뛰어갔습니다.

나인카우스의 이야기를 들은 주민들이

하나 둘 수레를 보러 쓰레기 동산으로

모여들었습니다. 그곳에서는

조로리 일행이 묵묵히 수레를

만들고 있었습니다.

그 수레는 마을 사람들이 만들었던

수레보다 훨씬 훌륭했습니다.

"전혀 알지도 못하는 우리를 위해서

저렇게 열심히 만들고 있네."

"사실은 정말 좋은 분들이었나 봐.

우리는 그것도 모르고 무례했어."

"이제 우리 모두 조로리 씨를 돕자."

지금까지 본 적 없던
멋진 수레가 완성되어
가자 주민들은 어쩌면
이길 수도 있다는
희망을 되찾았습니다.
그러는 동안 신문에는
이런 기사가 났습니다.

매일신문

매년 카니발에서
우승해온
수레에 올해는
인기 아이돌 그룹
'베어스'와
'식스피그스'
참가 결정!

정말 잘생긴 꽃미남 5인조 그룹
'베어스'가 히트곡 <딩동댕>을 부른다고.

요즘 가장 주목 받는 돼지 6인조
아이돌 그룹 '식스피그스'도 참가 결정.

올해에도 사람들의 관심이 서서히 쏟아지는 카니발.
뭐니 뭐니 해도 최고의 주목을 받는 수레는 단연 거북이 마을의 수레이다.
9년 연속 카니발에서 우승을 차지한 무적의 마을이기 때문이다.
특히 올해는 후원사인 부르르 제과가 많은 돈을 투자해서 지금껏 선보인 것보나
더욱 특별한 수레를 준비한다고 한다! 그런데 그보다 더 흥미로운 소식이 있다.
전 세계적으로 인기를 모으고 있는 '베어스'와 '식스피그스'가 수레를 타고
공연을 한다는 사실이다. 이로써 거북이 마을의
10번째 우승은 거의 확실해졌다.

그냥 해도 질 것 같은데
이런 슈퍼스타가 두 그룹이나
나오다니. 이건 방법이
없겠어.

"아아, 안 되겠다. 잠시라도 희망을
갖게 해 줘서 고마웠어요, 조로리 씨."
주민들은 다들 어깨를 축 늘어뜨리고는
집으로 돌아가려고 했습니다.
그러자 조로리가 앞을 가로막고
외쳤습니다.
"기다려, 기다리란 말이야! 우리도
스타를 만들어 내면 되는 거잖아!"
"뭐라고요?"

"우리에겐 나인카우스가 있잖아.

저렇게 멋진데 그저 인사만 하면 재미없지.

다들 특별한 재주가 있지 않을까?

노래를 부르고 춤을 춘다면

사람들이 집중할 만큼 매력적일 거라고!"

조로리의 말에 이시시와 노시시가

기다렸다는 듯 달려왔습니다.

"노래와 춤은 우리한테 맡기면 된다니께유!"

"<얼씨구절씨구> 같은 명곡을

만들어 낸 우리니까 내일 아침까지

근사한 곡을 만들어서 드릴게유."

이시시와 노시시가 자신 있게 말했습니다.

다음 날 아침,
나인카우스는
이시시와
노시시가 만든
노래를
연습하고
있었습니다.

고양이 머리에 뿔이 솟았어요.
염소 엉덩이에 꼬리가 생겼어요.

배에
힘을 주고
목소리를
내라니까!

좀 더
목소리를
꺾으라고!

개미 똥구멍에 털이 났어요.
매미 발바닥에 털이 났어요.

엉망진창인 노래를
듣다 못한 참식이가
날아와 이렇게 말했습니다.
"키보드 좀 줘 봐.
내 노래를 한번
들어 보라고."

아이고 맙소사.
저 녀석들에게
맡기는 게
아니었는데.

큰일이다.
큰일이야.

참식이는
나인카우스에게
악보를 나누어
주었습니다. 그러고는
"힘차게 노래를
불러 줘."라고
부탁하고 키보드를
치기 시작했습니다.

뜨거운 우유는
식히면 돼요. 후~후~
그래도 뜨거우면
호~~ 호~~
맛없는 파이도 우유랑 먹으면
파이 최고! 파이 최고!

파이가 싫은 사람도 우유랑 먹으면
파이를 사랑하게 되죠.
하하하하~
모든 요리에 우유를 넣어 보세요.
최고의 요리가 되죠. 땡큐땡큐~

나인카우스는
조금 전과 달리,
즐겁고 생기 있게
노래를 부르고
춤을 췄습니다.

보고 있던 마을 주민들도

어느새 흥에 겨워 다들 들썩였습니다.

그리고 노래를 외워서 따라

불렀습니다.

"이거 정말 좋은데? 왠지 용기가 생기는걸!"

"그러게. 난 우리 가게에 가서 나인카우스에게

어울리는 옷을 가져와야겠어."

한 아주머니가 말했습니다.

"고마워요, 여러분. 저희도
카니발이 열리는 날까지
열심히 연습해서 노래도, 춤도 꼭
완벽하게 선보일게요!"
나인카우스의 말에 참식이도 힘주어 말했습니다.
"좋았어, 최선을 다해 훈련시키겠다."
마을 사람들이 하나가 되는 모습을
지켜보던 조로리는 이시시와 노시시를
데리고 슬그머니 자리를 떴습니다.

예상대로 조로리
일행은 카니발이
열릴 광장으로
갔습니다.
지금이야말로
은행을 털기 위해
사전 조사를
해 둘 좋은
기회니까요.

이 은행
앞에 그
커다란
수레가
오면

이 벽은
가려져서
안 보일
것이다.

그리고
이 몸이
이 근처에
금고가 있다는
걸 알아냈다.

툭툭 툭 툭 툭

그래서 말인데,
이 계획을
성공시키려면
이런 물건이
필요하다.

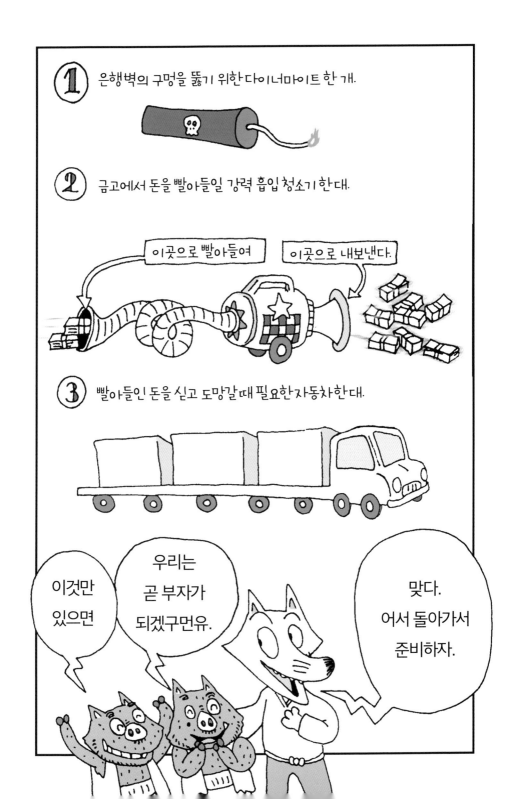

조로리는 광장으로 돌아와 이장에게 말했습니다.

"수레의 윗부분 장식은 당신들이 해요.

그리고 남은 돈으로 커다란 폭죽을 사 와요.

거대하고 화려한 쇼를 만들기 위해서는

꼭 필요하거든요."

"알겠습니다. 조로리 씨."

"우리는 아래에서
마지막 작업을 할 거예요.
매우 섬세하고 복잡한 작업이라
방해받고 싶지 않습니다. 누구도 우리를
엿보거나 찾아오지 못하도록 해 주세요.
연락할 일이 있을지도 모르니까
당신 휴대폰은 내가 잠시 빌려갈게요."

조로리가 수레 바깥으로 나오자

기다리고 있던 이장이 다가왔습니다.

"수고하십니다. 저희는 모든 준비가 끝났습니다.

마을 사람들 모두 이기겠다는 의지가 강해서인지

이번에는 왠지 우승할 것 같습니다.

아, 참! 여기 남은 돈으로 산 폭죽입니다."

마을 이장은 조로리에게 상자를

넘겨 주고 돌아갔습니다.

조로리는 상자를 열어 보고 깜짝 놀랐습니다.

"이걸 어쩌지? 폭죽이 두 개밖에 없잖아?
하나는 화약을 꺼내서 은행 폭파에 필요한
다이너마이트를 만드는 데 써야 하는데…….
그런데 나머지 하나로는 사람들의 정신을
빼앗기 힘들어. 최소한 수십 개의 폭죽을
하늘로 펑펑 쏘아 올려야 다들 그거 구경하느라
정신이 팔린 틈을 타서 도망칠 수 있는데
말이야."
조로리는 고개를 절레절레 내저었습니다.

"단 한 명이라도 눈치채면 이 계획은 끝장이다.
광장에 모인 모든 사람들이 위쪽만 쳐다보게
할 좋은 아이디어가 없을까?"

"난 하늘을 나는 카레 덮밥을 보면
절대로 눈을 떼지 않을 거예유."

"나는 하늘을 나는
메론 빵."

"멍청이들아,
이런 상황에서
무슨 소리를
하는 거야!
어? 가만있어 봐!
하늘을 나는?
그래, 바로 그거다!"

내일 밤까지 몇 명
모아서 이리로 좀 데리고
왔으면 좋겠다. 부탁해.

네, 조로리 선생님을
위해서라면 얼마든지
데리고 가겠습니다.
맡겨만 주세요.

조로리는 갑자기
무슨 생각이 났는지
요괴학교 선생에게
급히 전화를 했습니다.

드디어 카니발이
열리는 날입니다.
광장은 기대에 찬
사람들로 발 디딜 틈이
없었습니다.
먼저 옆 마을
수레가 들어왔습니다.

☆ 돼지 6인조 그룹 '식스피그스'는 로봇 머리에 달린 줄에 매달려 마치 피터팬처럼 돌며 노래를 부른다.

☆ 곰 5인조 그룹 '베어스'는 로봇의 손 위에서 다음 차례를 기다리고 있다.

☆ 사람들한테 부딪히지 않도록 감지하는 장치가 붙어 있다.

올해도 기대되는걸.

꺄악! 식스 피그스다!

우아, 엄청난데! 로봇이 걷고 있어!

돈 좀 썼나 봐.

오빠!

수레가 은행 앞에 도착할 무렵, 구경 온 관객들은 집으로 돌아가려고 했습니다. 그런데 바로 그때였습니다!

마을 사람들이
수레 위에 올라가
힘을 합쳐 자전거
페달을 밟았습니다.
그러자 수레에
불이 들어오면서
나인카우스가
등장했습니다.

짜자잔!

많은 구멍

셀로판 종이

텔레비전

○ 종이 상자안에는
텔레비전이 들어 있다.
상자안에 여러 종류의
셀로판 종이를 붙여서
상자에 뚫려있는 구멍으로
여러가지 색깔의 빛이
나오게했다.

춤 잘 춘다!

와, 기운이 넘치는데?

정말이야, 덩달아 신이 나네.

파이팅!

그저
잡동사니들을
모아 둔 것처럼
보였던 수레가
나인카우스의
무대와 함께
화려하게
변신하자
관객들의 눈이
휘둥그레졌습니다.

참식이는
여기서
키보드를
치고 있다.

스
피
커

씽! 씽!

• 입에서는
전자레인지로
밀크 쿠키를
데워서
맛있는 냄새를
풍긴다.

진짜
신나는데!

이 노래,
벌써 외웠어.

아,
춤추고
싶어진다.

그 무렵

수레 아래쪽에 있던

조로리가 입을 열었습니다.

"모두 신났다. 신났어.

그럼 우리도 슬슬 시작해 볼까?"

조로리는 은행 벽에 다이너마이트를

붙이고 스위치를 누르려고 했습니다.

그때 이시시가 나서서 말렸습니다.

"자, 잠깐만유. 벽을 허물 정도의
큰 폭발이 일어나면
밖에 있는 사람들한테
그 소리가 들릴지도 몰라유."
"히히히히,
그런 걱정은 말아라."
조로리는 태연한 표정으로
스위치를 눌렀습니다.

은
행
벽

평화의 항

그림자 어떻게
되었을까요?
수레에서
쏘아올린
폭죽과 동시에
다이너마이트가
터졌습니다.

소뿔들에서
종이 꽃가루와
종이테이프가
튀어나온다.

자, 드디어 카니발의 절정입니다.

한여름 밤에 하늘에서 눈이 내립니다. 관객들은 눈이 내려가 났습니다.

사람들이 놀라는 사이에 나인가우스는 눈처럼 새하얀 옷으로

갈아입고는 다시 잠식이가 만든 노래를 불렀습니다.

공연 중

• 나인 카우스가 옷을 갈아입는 대기실.

• 수박 안에는 '눈 내리는 기기' (42쪽)가 들어있습니다.

조로리 일행이 준비한

종이 상자는 순식간에

금화와 금괴로 가득 찼습니다.

자동차의 짐받이 쪽이

너무 무거워서 삐걱삐걱

비명 소리를 낼 정도였습니다.

"자, 조로리 사부님,

빨리 탈출을 해야 해유."

자동차의 시동을 건 이시시에게

"기다려. 요괴학교 선생님이

온 다음에 출발해야 한다."

조로리가 시동을 끄게 했습니다.

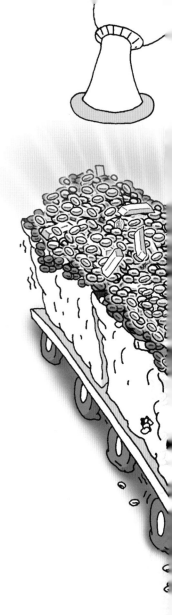

그런데 바깥에서

"여러분, 오늘 정말 고마웠습니다."

나인카우스의 마지막 인사말이

들려오는 것이 아니겠어요?

"헉! 쇼가 끝나 버리면

이 계획은

물거품이 되고 만다."

조로리의 얼굴이

새파랗게 질렸습니다.

바로 그때!

조로리 선생님,
늦어서 정말 죄송합니다.

빨리,
빨리.

요괴학교 선생님이 숨을
헐떡이며 달려왔습니다.
조로리가 바라던 대로
하늘을 나는 도깨비 다섯을
데리고 말이지요.

"더 이상 시간이 없다.
도깨비들아, 지금 당장
이 수레 위로 가서 멋지게 날아다녀 줘.
부탁한다."
서두르라는 조로리의 말에
도깨비들은 곧장 수레 밖으로
빠져나갔습니다.

네.

조로리
선생님을 위해서
애써다오.

걱정
마세요!

나인카우스가 마지막 박수를 받고 있을 때
갑자기 다섯 도깨비가 나타나
수레 위를 빙빙 돌며 날아다녔습니다.

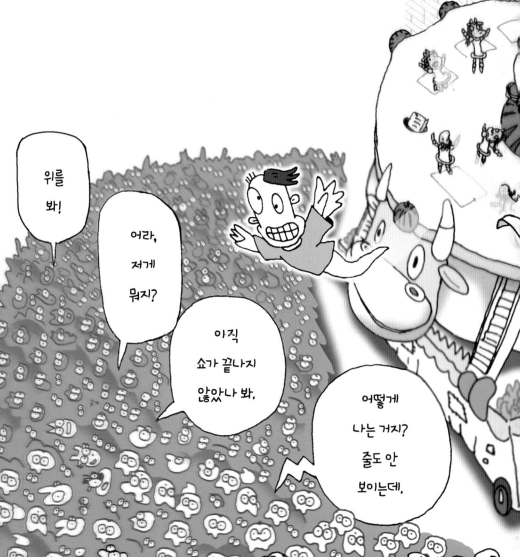

모였던 관객들도
공연하던 나인카우스도,
열심히 준비한 마을 주민들도
몹시 즐거워했습니다.
그날 밤은 박수 소리가
끊이지 않았습니다.

올해의
카니발은
모든 면에서
최고야.

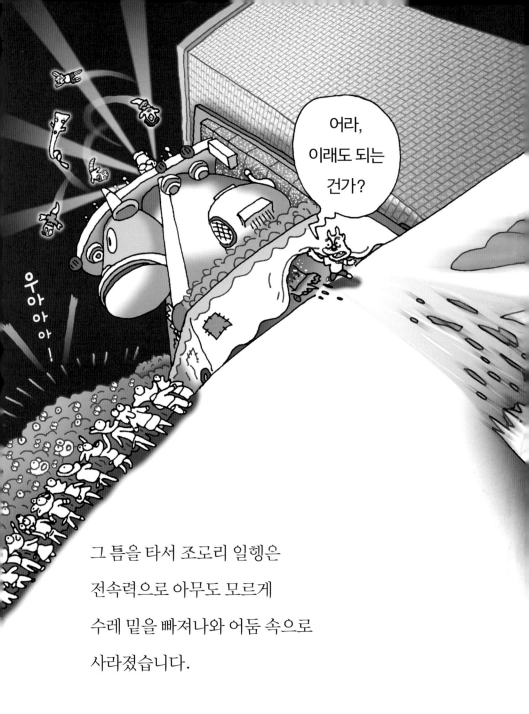

그 틈을 타서 조모리 일행은
전속력으로 아무도 모르게
수레 밑을 빠져나와 어둠 속으로
사라졌습니다.

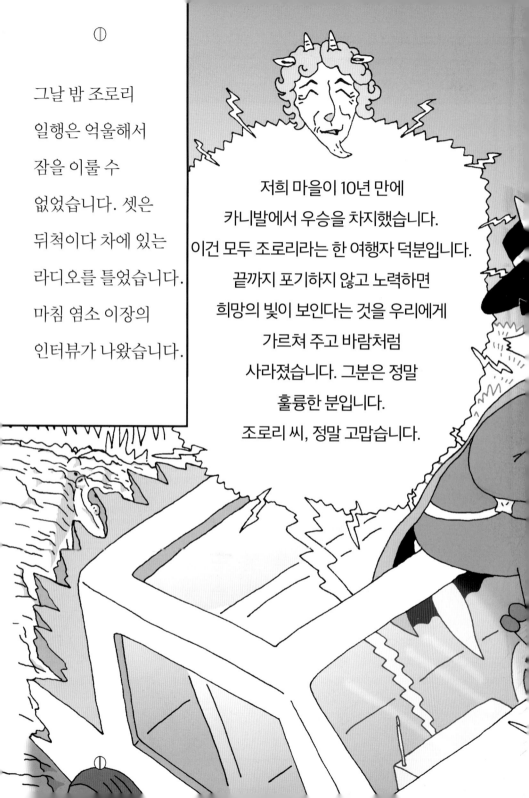

①

그날 밤 조로리
일행은 억울해서
잠을 이룰 수
없었습니다. 셋은
뒤척이다 차에 있는
라디오를 틀었습니다.
마침 염소 이장의
인터뷰가 나왔습니다.

저희 마을이 10년 만에
카니발에서 우승을 차지했습니다.
이건 모두 조로리라는 한 여행자 덕분입니다.
끝까지 포기하지 않고 노력하면
희망의 빛이 보인다는 것을 우리에게
가르쳐 주고 바람처럼
사라졌습니다. 그분은 정말
훌륭한 분입니다.
조로리 씨, 정말 고맙습니다.

하라 선생님의 축하 인사말

한국 어린이 여러분, 안녕하세요. 작가 하라 유타카입니다.

드디어 한국에서도 열 번째 《장난천재 쾌걸 조로리》가 발간되었군요.

저는 책 읽기를 싫어하는 어린이들도 즐겁게 읽을 수 있고

읽고 나면 유쾌해지는, 재미있는 책을 쓰려고 노력해 왔습니다.

엉뚱하고 조마조마하며 두근두근 가슴 뛰는 모험 이야기가 여러분을

기다립니다. 이야기를 읽으면서 조로리와 이시시, 노시시를

열심히 응원해 주세요.

하라 유타카

글쓴이 소개

하라 유타카 (原ゆたか)

1953년 구마모토 현에서 태어났다.

1974년 KFS콘테스트 고단샤 아동도서부문상 수상.

주요 작품으로는 《자그마한 숲》, 《마탄은 마사오군》, 《장갑 로켓의 우주 탐험》, 《나의 보물 나막신》, 《푸우의 심부름》, 《내 것도 아빠 것처럼 되는 걸까?》, 《시금치맨》 시리즈 등이 있다.

옮긴이 소개

오용택 (吳龍澤)

일본대학교 예술학부 방송학과를 졸업하고 중앙대학교 신문방송대학원을 졸업했다.

중앙대학교 외국어아카데미에서 일본어를 강의했다.

그 외 카피라이터로 활동했으며 아이들을 위한 좋은 책을 기획, 번역하고 있다.

옮긴 책으로는 《건강한 삶, 건강한 기업》 등이 있다.

글·그림 하라 유타카
옮김 오용택

개정판 1쇄 인쇄 2024년 12월 1일
개정판 1쇄 발행 2024년 12월 11일

펴낸이 김영곤 **펴낸곳** (주)북이십일 을파소
기획편집 이장건 김의헌 박예진 박고은 서문혜진 김혜지 이지현
아동마케팅 장철용 양슬기 명인수 손용우 최윤아 송혜수 이주은
영업 변유경 김영남 강경남 황성진 김도연 권채영 전연우 최유성
해외기획 최연순 소은선 홍희정
디자인 윤수경 **제작** 이영민 권경민

출판등록 2000년 5월 6일 제406-2003-061호
주소 (우 10881) 경기도 파주시 회동길 201(문발동)
연락처 031-955-2100(대표) 031-955-2109(기획편집)
팩스 031-955-2122 **홈페이지** www.book21.com

ISBN 979-11-7117-749-3 74830
ISBN 979-11-7117-605-2 (세트)

다양한 SNS 채널에서 아울북과 을파소의 더 많은 이야기를 만나세요.

 인스타그램 @owlbook21   페이스북 @owlbook21   네이버카페 owlbook21   네이버포스트 아울북 and 을파소

• 제조자명 : (주)북이십일
• 주소 및 전화번호 : 경기도 파주시 회동길 201(문발동) / 031-955-2100
• 제조연월 : 2024.12.
• 제조국명 : 대한민국
• 사용연령 : 8세 이상 어린이 제품

10년 만에 이룬 쾌거!
염소 마을, 카니발에서 10년 만에
첫 우승을 거두다!

어제 열린 카니발에서는 9년 동안 계속 졌던 염소 마을이 드디어 우승을 차지했다. 상대 팀인 거북이 마을은 부르르 제과의 협찬으로 많은 돈을 들여 수레를 만든 데다

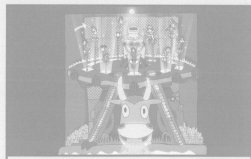

우승을 차지한 염소 마을 수레

인기 아이돌 그룹까지 퍼레이드에 참가시켰지만 역부족이었다. 반면 염소 마을은 대부분 쓸모없는 잡동사니들을 재료로 만들었다는 것이 믿기지 않을 만큼 훌륭한 수레를 선보였다. 이건 아이디어의 승리였다.

부르르 사장의 한마디

부르르 사장은 뾰로통한 얼굴로 이렇게 말했다.
"그렇게 많은 돈을 썼는데 왜 졌는지,
저는 그 이유를 도통 모르겠습니다."

**부르르 제과
부르르 사장**

대도 구라모

카니발 뒤에 숨은 은행털이범?

카니발로 온 마을이 들떠 있던 와중에 한편에서는 은행털이 사건이 벌어졌던 것으로 밝혀졌다. 그러나 은행 벽이 폭파되고, 금화와 금괴가 은행 밖으로 옮겨져 있었으나, 실제로 피해는 전혀 없었다고 한다. 경찰들도 범인들이 무엇을 노렸는지 모르겠다고 고개를 내저었다. 그날 모여 있던 관객들 중에는 마침 바로 전날 형무소를 탈출한 구라모를 보았다는 증언도 있어서 경찰들이 더욱 신중히 조사하고 있다.